ENE-O, NO

Primera edición, 2016

Coedición: CIDCLI, S.C. / Secretaría de Cultura

© Alonso Núñez
© Bruna Assis Brasil

Diseño gráfico: Roxana Deneb y Diego Álvarez
Coordinación editorial: Elisa Castellanos
Cuidado de la edición: Rocío Miranda

D.R. © 2016, CIDCLI, S.C.
Avenida México No. 145-601,
Col. Del Carmen Coyoacán
C.P. 04100, Ciudad de México
www.cidcli.com

D.R. © 2016, Secretaría de Cultura
Dirección General de Publicaciones
Avenida Paseo de la Reforma 175, Col. Cuauhtémoc
C.P. 06500, Ciudad de México
www.cultura.gob.mx

ISBN: 978-607-8351-57-2, CIDCLI, S.C.
ISBN: 978-607-745-384-0, Secretaría de Cultura

Impreso en México / *Printed in Mexico*
Para su composición se utilizó la tipografía Josefin diseñada por Typemade

Alonso Núñez

Ilustraciones de Bruna Assis Brasil

ENE-O,
NO

Conozco dos letras,
la **N** y la **O**.
Para ir a la escuela,
las junto en un **NO**.

Mamá ayer me dijo
que es padre el lugar,
que hay muchos amigos,
que voy a estudiar.

¡Mentiras son esas!
Hoy no me levanto,
pues sé que la escuela
es cosa de espanto.

Mamá, no te rías
y presta atención.
¡No son niñerías,
no son, **N**, **O**!

Tal vez es un ogro
mi nueva maestra
con garras, mil ojos
y varias cabezas;
antenas que captan
secretos, murmullos,
¡y rayos dispara
por codos y puños!

¡No voy a la escuela,
no voy, **N**, **O**!

Tal vez hay montones
de niños latosos
y niñas con flores
que ya saben todo.

¡No voy a la escuela,
no voy, **N, O**!

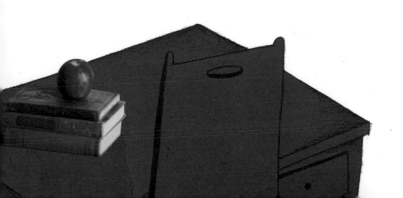

Y mira la hora:
no son ni las siete.
¡La cholla me explota,
me muero de fiebre!

¡No voy a la escuela,
no voy, N, O!

Inútil es esto,
decir **NO** y **NO**.
¿Se habrán descompuesto
la **N** y la **O**?

¿Acaso mis letras
no entiende mamá?
¿Será que me falta
saber algo más?

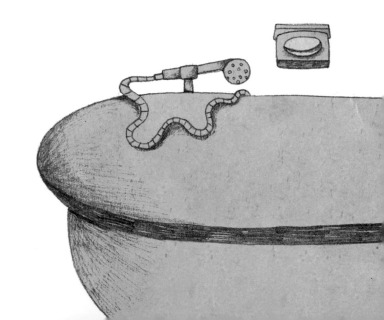

¡Qué horror! Se aproxima
un monstruo amarillo.
¡Ya llega a la esquina
entre humo y rugidos!
¿Qué pasa enseguida?
¡Devora a los niños!

Ya estoy en la panza
del monstruo o dragón;
en medio de caras
rarísimas voy.

La niña de trenzas
que tiembla ¿es de frío?
¿Por qué tiene rojos
los ojos un niño?

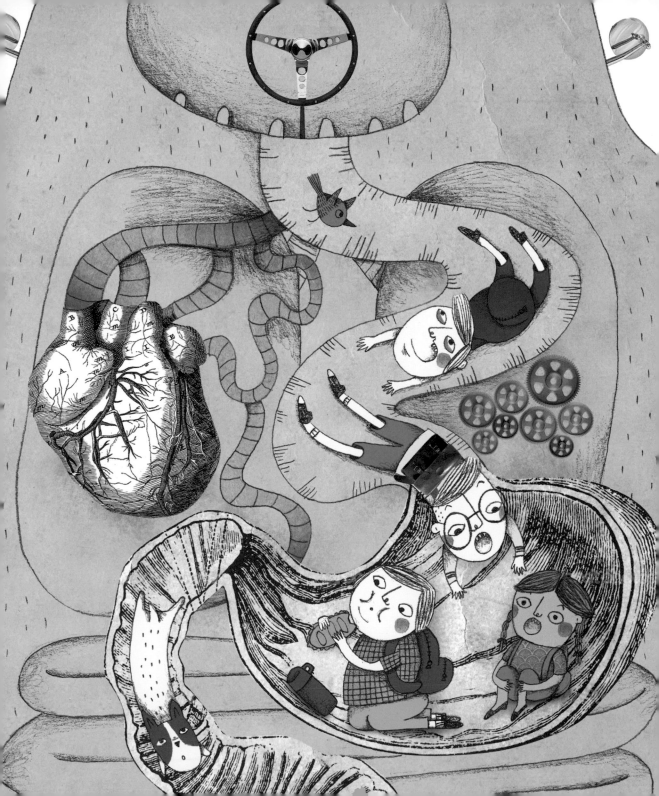

Un flaco con hambre
se come las uñas.
La niña de rojo
sus lentes rasguña.

¡Un par de gemelos
que zombis parecen!
Los dos están tiesos,
los dos están verdes.

Por fin al destino
llegamos, ¡oh, no!

Enorme es el patio
en esta prisión.
En filas, formados,
nos ve el director.

A mí no me engaña.
¿Qué sigue? ¡Ya sé!
Nos dan pico y pala,
nos atan del pie...

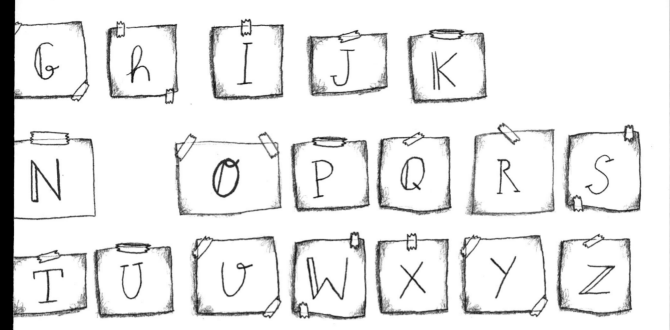

Pues no. Caminamos
en filas de tres.
A un lado, contando,
está una mujer.

Tormento total
entrar al salón,
pues veo la señal:
¡es **N** y es **O**!

Mochila en la espalda,
seis horas después,
regreso a la casa:
Mamá, ¡ya llegué!

Te cuento, en la escuela,
qué cosa pasó.
Primero hay más letras:
no solo **N, O**.

Los números van
del uno hasta el diez.
Y sabes: "mamá"
es "mom" en inglés.

Mi nueva maestra
es buena y hermosa,
y no como dije,
con pinta monstruosa.

La niña de al lado,
Irene, no es fea
y no es un pesado
el niño Correa.

Mañana a la escuela
quizá quiera ir.
No digo que no.

No digo que sí.